El día del pequeño búho

Divya Srinivasan

 Picarona

—¡Chiuc-chiuc-chiuc!

—gritaba escandalosamente una ardilla.

El pequeño búho no podía dormir más,
así que parpadeó y abrió los ojos.

—Demasiado brillante
para ser la luna,
debe ser...
¡el sol! —murmuró.

—Vuélvete a dormir, pequeño búho
—le dijo su mamá bostezando.

Pero el pequeño búho ya estaba
completamente despierto.

Los pajarillos trinaban dulcemente.

El campo estaba cubierto de flores que el pequeño búho no había visto nunca. Sus pétalos se habían abierto al sol y a las abejas.

—¡Polillas! —exclamó el pequeño búho.

Pero no, no eran polillas,

eran mariposas.

El pequeño búho creía
que conocía muy bien el bosque,
pero ahora todo parecía diferente.

Las libélulas volaban rozando
la superficie del estanque.
¡Incluso volaban hacia atrás!

El pequeño búho se moría de ganas
de contárselo a los murciélagos.

Las culebras se deslizaban dentro del agua y se paseaban entre los nenúfares y las cañas.

La tortuga tomaba el sol sobre las piedras.

En la pradera se oían ladridos y chillidos.
¡Eran los lobatos que jugaban alegremente!

Su madre les aulló y ellos corrieron
en su busca.

Cerca de la Cueva del Gruñón,
el oso estaba chapoteando
en el agua en busca de peces.
—¡Cuando quiero mostrarte la luna,
siempre estás durmiendo! —le dijo
el pequeño búho.

—Pues cuando yo quiero enseñarte el arcoíris,
tú siempre estás durmiendo. Ven conmigo.

El pequeño búho no había
estado nunca en la cascada.

Al caer la tarde, el pequeño búho
emprendió el camino a casa.

Los ciervos mordisqueaban unas ramas
espinosas llenas de bayas.
Los jabalíes hurgaban entre las raíces.

Un jabato chilló:

—¡El pequeño búho está despierto!

—¡Hola, pequeño búho! —dijo otro.

Las comadrejas se estaban despertando.

Pero el erizo todavía dormía, así que
los ratones se estaban atiborrando
de setas.

El cielo empezó a oscurecerse
y las estrellas, a brillar.

La luna se estaba levantando.

El pequeño búho llegó a su árbol.

Un conejito le saludó con la cabeza.

Le dijo con cariño: «buenas noches»,

y se metió en su madriguera.

El pequeño búho se quedó pasmado,

¡pero si vivía justo debajo de él!

El pequeño búho se moría de ganas de contarle al mapache todo lo que había visto aquel día. Así que aún tenía que ir a otro sitio.

Tenía sueño pero...

Había prometido al oso que le enseñaría la luna.

Para Ramya. Siempre me has inspirado.
Y ahora también está Ila.
Con amor, Divya

Puede consultar nuestro catálogo en
www.edicionesobelisco.com / www.picarona.net

EL DÍA DEL PEQUEÑO BÚHO
Texto e ilustraciones: *Divya Srinivasan*

1ª. edición: mayo de 2016

Título original: *Little Owl's Day*

Traducción: *Joana Delgado*
Maquetación: *Isabel Estrada*
Corrección: *M.ª Ángeles Olivera*

Edita: Picarona,
sello infantil de Ediciones Obelisco, S. L.
Pere IV, 78 (Edif. Pedro IV)
3.ª planta 5.ª puerta
08005 Barcelona - España
Tel. 93 309 85 25 - Fax 93 309 85 23
E-mail: picarona@picarona.net

ISBN: 978-84-16648-31-3
Depósito Legal: B-5.771-2016

Printed in Spain

Impreso en España
por ANMAN,
Gràfiques del Vallès, S. L.
C/ Llobateres, 16-18,
Tallers 7 - Nau 10.
Polígono Industrial Santiga.
08210 - Barberà del Vallès
(Barcelona)